Dix Têtes

DU PEUPLE

POUR

UNE TÊTE

DE NOBLE OU DE PRÊTRE,

PAR M. DE MAISIÈRES.

Exterminez, grands dieux, de la terre où nous sommes,
Quiconque avec plaisir répand le sang des hommes.

VOLT.

PRIX : 25 CENTIMES.

NEVERS,

IMPRIMERIE DE I.-M. FAY, RUE DES ARDILLIERS.

1848.

DIX TÊTES

DU PEUPLE

POUR

UNE TÊTE

DE NOBLE OU DE PRÊTRE.

———•◦•———

Un atroce petit écrit vient de paraître, plus séducteur, plus perfide, plus violent que toutes les œuvres qui, jusqu'à ce jour, ont été répandues parmi le peuple, à vil prix, *fourvoyeusement*, pour l'émouvoir, le séduire, le capter; l'asservir par des promesses mensongères, l'enflammer et le soulever enfin par des calomnies habilement répandues.

L'auteur de cette infernale production divise la société française, *la nation*, en deux classes opposées de sentiment, d'intérêts, et dès-lors ennemies jusqu'à la mort.

A ses yeux celle qui possède est tyrannique, corruptrice, égoïste, infâme, digne de la vengeance des hommes, digne des flammes éternelles, auxquelles pourtant il ne croit guère.

Celle au contraire qui, selon lui, n'a rien, parce qu'au lieu de terres, de bois, de maisons, elle n'a en partage que son savoir-faire, son adresse, son industrie laborieuse, ses talents, est esclave, avilie, maltraitée, brutalisée, volée, asservie en masse.

De cette situation contre nature doit naître, on le comprend, un duel à mort, un massacre, un égorgement !

La partie du peuple qu'on croit être la plus nombreuse, qu'on croit être la plus forte, qu'on croit être la plus énergique, qu'on croit être sanguinaire, féroce enfin et implacable, devra se ruer sur l'autre pour la piller, la voler, la maîtriser, l'écraser, l'anéantir.

Telle une panthère cruelle et insatiable, tel un immense boa enveloppant, étreignant et étouffant dans ses mille anneaux des milliers de victimes.

La moitié du peuple devra tuer l'autre. Voilà le dernier mot de cet écrit satanique.

Mais ce qu'il y a d'inouï, de vraiment prodigieux, c'est d'entendre une secte furieuse proférant le saint nom du Christ, parodiant son évangile d'amour, et proposant au peuple un catéchisme qu'auraient repoussé avec horreur les Cartouche et les Mandrin ; profanant le caractère sacré d'un prêtre devenu trop célèbre ; du sommet de sa Babel sanglante proclamant son épiscopature, et mettant au frontispice de toutes ses œuvres cette épigraphe étrange :

Vive le Christ, à bas les prêtres !

L'auteur éhonté de cet écrit furibond n'attaque pas seulement la religion, sur laquelle il passe dédaigneusement comme sur le cadavre d'un ennemi vaincu, et se préoccupe peu de la noblesse, dont il voit le trépas assuré ; il s'en prend hardiment au corps social tout entier...

Peuple, lève-toi, s'écrie-t-il, ce qui veut dire : Paysans, armez-vous de vos faux tranchantes, non pour abattre l'herbe des prairies, qui désormais doit sécher sur pied, mais pour faucher des hommes.

Bûcherons, saisissez vos cognées, non pour abattre les arbres des forêts, devenus inutiles puisqu'on ne bâtira plus, tout possesseur de maison étant un voleur (1), un égoïste, un tyran, mais pour abattre des têtes.

Forgerons robustes, cyclopes déchaînés, armez-vous de vos marteaux, non pour forger des armes aux défenseurs de la patrie, car il n'y aura plus de patrie quand il n'y aura plus de toit paternel, mais pour assommer ceux qui eurent la barbarie de vous faire travailler... broyez leurs têtes sur vos enclumes, après cela inutiles ; car quand il n'y aura plus de maîtres il n'y aura plus d'ouvriers, et vous jouirez de la *liberté du repos.*

Terrassiers, qui jusqu'à ce jour avez remué la surface du sol, qui avez ouvert de profondes

---

(1) Le citoyen Proudhon professe que la propriété est un vol.

tranchées pour faciliter d'immenses entreprises, travaillez, travaillez une dernière fois ; creusez,
creusez de vastes fosses, voici l'heure venue
d'enfouir la moitié du genre humain, et de faire
de la France un vaste désert d'hommes.

La terre, désormais soumise aux lois d'une
égalité sauvage, telle que la rêva le philosophe
Rousseau, produira d'elle-même la pâture de la
brute et la nourriture de l'homme ; à l'une l'herbe
inculte, à l'autre le gland des forêts.

Toutes ces choses ont été dites et écrites : je n'ai
point le mérite de l'invention. Ainsi, l'âge des
théories passe de la thèse à la pratique.

Si l'auteur de cet écrit possède quelque logique
sincère, je le somme d'avouer que telle doit être
la conséquence de ses paroles.

Et voilà, peuple, où veulent en venir ceux qui
se disent tes amis, ceux qui se proclament tes
défenseurs, ceux qui te promettent le bonheur,
ceux qui te tendent la main de la fraternité, ceux
qui posent sur toutes les têtes le niveau de l'égalité,
ceux qui effacent toutes les lois, renversent toutes
les barrières et menacent de briser toutes les portes,
pour attaquer l'homme jusque dans le sanctuaire
de la famille.

Eh bien ! oui, à l'œuvre ! lève-toi à la voix de ces
apôtres ; renverse, brise, anéantis tout ; qu'un
grand carnage se fasse, puis, si tu sors vainqueur
de cette lutte impie, promène-toi sur le vaste champ

de la patrie ; tu ne seras plus alors à Paris, tu ne rencontreras plus les villes antiques de tes provinces ; tes villages aussi auront disparu ; tu ne seras plus dans une France, tu ne seras plus même en Europe, tu te trouveras, au réveil de tes dernières orgies, dans les déserts de l'Amérique inconnue.

Seul sur cette terre nouvelle, seul tu y vivras de la vie nomade, errante et maudite des enfants de Caïn.

En vérité, je vous le dis, les hommes qui professent les doctrines dont je viens de parler avec frémissement ne veulent rien moins que ce bouleversement général, rien moins que ce carnage.

Mais, sont-ils les inventeurs de ces idées vagabondes et désordonnées, de ces théories sanglantes, de ces pratiques et de ces conséquences homicides ? Non, quoi qu'ils en disent, quelque vanité qu'ils aient de se croire les inventeurs de ces utopies sanglantes ; non, et pour être juste envers chacun, il faut avouer qu'elles appartiennent à *l'ami du peuple* Marat, à Robespierre *l'incorruptible*, à Collot-d'Herbois, à Danton, à Joseph Lebon, à Carrière, qui les mirent en pratique ; au comité révolutionnaire, aux montagnards, à l'exécrable majorité de la Convention nationale, ce repaire régicide et patricide tout à la fois.

Peuple, écoutez-moi, le titre seul de cet écrit doit vous engager à continuer jusqu'au bout la lecture du plus lamentable récit qui fût jamais ;

cet écrit est fait pour vous : je vous respecte, je vous aime, et je prends l'engagement de vous dire toute la vérité.

L'auteur où je puise les faits que je me propose de vous transmettre ne peut être taxé d'exagération et ne peut être récusé par les républicains, il fut un des leurs, il fut un des membres de l'atroce Convention nationale, il fut un de ceux qui votèrent la mort de Louis XVI !

Voici ce qu'il dit de la révolution de 92 ; dans un accès de désespoir il s'écrie : « La Convention s'installe, les factions se prononcent, la » république se proclame, tout cela est l'affaire » d'un jour, d'un seul jour ! Ses fondateurs » étaient sans vertus, la république ne fut qu'un » mot. »

Vous le voyez, en 92 comme en 1830, comme en 1848, les factions se prononcèrent, la république fut proclamée, ce fut l'ouvrage d'un jour, d'un seul jour.

Peuple, c'est ainsi que les factieux ont toujours disposé de tes destinées, ont joué ton sort en un coup de dé ; puissent les républicains de 1848 avoir plus de vertus que ceux de 92, plus de vertus que ceux de 1830.

Puisse leur nouvelle république n'être pas comme ses devancières, un foyer sans chaleur, un flambeau sans lumière, un arbre sans racines et sans fruits !...

.... Et cependant la révolution de 92 avait offert au peuple le triple appât de l'égalité, de la fraternité, de la liberté.

L'égalité devait rendre les Français tous égaux ; et pourtant les uns saisirent, jugèrent et dominèrent les autres.

La fraternité devait les tous unir et réconcilier ; et pourtant les uns furent les forts et les autres les faibles ; les uns les victimes, les autres les bourreaux !

La liberté devait établir une liberté générale ; les bastilles, les prisons, les cachots devaient disparaître, et pourtant les prisons furent pleines ; on en éleva partout ; nobles, prêtres, bourgeois, peuple, paysans, les encombrèrent.

La loi des suspects n'épargna personne.

On vous fit croire que la révolution était faite pour vous ;

On vous fit croire que, pour vous rendre égaux à tous, il fallait anéantir de vains et illusoires priviléges ; et qu'étaient-ils, ces priviléges, en comparaison des charges qui vous écrasent aujourd'hui !

On vous fit croire que vos seigneurs étaient des maîtres intolérables ; ils furent poursuivis, pillés, proscrits, égorgés.

Le commissaire, le proconsul, le maire, le préfet les remplacèrent ; furent-ils plus doux, fûtes-vous plus heureux ?

On vous fit croire que les prêtres vous asser-
vissaient, vous abusaient, vous trompaient.

On les proscrivit, on les fusilla, on les mît en
fuite ; vous fûtes sans religion.

Un peuple sans religion ! En fût-il jamais sur la
terre ? Bientôt las de l'absurde athéisme, on vous
donna des déesses ; vous fléchîtes le genou devant
ces idoles. Les payens les faisaient de bois ou d'or,
les vôtres du moins furent de chair et d'os comme
vous ; il y eut progrès, je l'avoue.

On vous promena ainsi d'erreur en erreur, de
chimère en chimère.

On vous fit croire que tous les peuples de la
terre, jaloux de votre bonheur, s'armaient contre
vous ; qu'ils en voulaient à vos cités, à vos campagnes ; que vos femmes et vos filles seraient leur
proie. A la suite d'un souper, on vous fit la
Marseillaise. Rouget crut ne faire qu'une chanson
de table, un morceau de musique, et ce fut le
signal des batailles et des égorgements ; vous fûtes
enrégimentés ; vous fûtes braves, vous fûtes vain-
queurs, mais vous ne sûtes jamais le nombre de
vos victimes ; votre sang a inondé l'Europe, et
votre patrie, malgré les efforts surhumains de
votre valeur, a deux fois subi l'affront d'une
invasion générale... Passons sur ce triste souvenir,
et revenons à l'objet de cet écrit.

On vous persuada, enfin, que cette fatale, pro-
fonde et terrible révolution de 92 était faite à

votre profit, qu'elle était dirigée contre vos ennemis; et ces ennemis, vous disait-on, étaient les nobles
et les prêtres, comme de nos jours ce serait la
bourgeoisie tout entière qui devrait tomber sous
vos coups, si par sa supériorité numérique, par
son énergie, et surtout par son unité, elle n'était
inattaquable.

Eh bien donc, apprenez la vérité !...

Celui qui vous écrit ces lignes ne fut ni républicain de la veille, ni républicain du lendemain, ni
républicain rouge, ni républicain bleu : car, à ce
qu'il paraît, il y a des républicains de bien des
époques et de bien des couleurs... Il ne vous
flattera point, il ne vous tiendra point un langage
perfidement adulateur, il vous dira la vérité, la
vérité tout entière. Il fera plus, il la mettra sous
vos yeux en claire et vive lumière, escortée de
nombreuses et irrécusables preuves.

Il vous dira, que le moment est venu de pro-
clamer cette vérité si long-temps méconnue, de
dessiller vos yeux, d'arracher le bandeau qui les
couvre depuis 60 ans; il vous dira, chose inouïe et
incroyable, que cette grande et fatale révolution
de 89, 90, 91, 92, 93, 94, que cette révolution de
six années de massacres, si pleines de crimes, si
sanglantes, a été accomplie, *non contre* les nobles
seulement, *non contre* les prêtres surtout, mais
contre vous, bourgeoisie; *contre vous*, peuple;
contre vous, artisans; *contre vous*, ouvriers; *contre*

vous, paysans , laboureurs ; *contre vous*, gens de tout état , menuisiers, pionniers, chapeliers, tisserands, soldats, marchands, domestiques , gens de tout âge , depuis les enfants de quinze ans jusqu'aux vieillards de quatre-vingt-quatorze ans , riches, pauvres, paisibles , ignorés. *Contre vous surtout*, femmes ! femmes du peuple !...

Celui qui écrit ceci vous prouvera tout à l'heure que pour une tête de noble abattue par la guillotine, dix, douze têtes des vôtres ont été coupées ; qu'à côté d'une tête de prêtre bondissant sur l'échafaud révolutionnaire, on a fait rouler vingt de vos têtes !

Que votre étonnement et votre stupeur ne vous entraînent point dans le doute ; je ne hasarde rien, je n'amplifie point, je traduis ici mot à mot les solennelles paroles de l'histoire ; je défierai donc l'incrédule le plus obstiné de révoquer en doute une seule des choses *monstrueuses* que j'aurai données pour vraies.

C'est la main sur le grand livre des immolations, des assassinats juridiques, que je viens *compter les têtes* des victimes.

J'ouvre le *Livre de mort ,* et je lis :

« Les 2 et 3 septembre, quels jours ! Qui réclame
» cette exécrable propriété ? C'est sous les yeux
» d'une assemblée, d'un sénat national composé
» de 750 individus, que l'on égorge pendant trois

» jours. Ils laissent en silence violer toutes les
» lois sacrées de l'humanité (1).

» Ces journées de septembre enfantèrent la
» Convention nationale ; elle fut composée d'hom-
» mes ineptes, insouciants, scélérats, chauds
» partisans, complices, et, qui pourrait le croire !
» acteurs même de ces effroyables journées ; qui,
» pour arriver à la chaise curule, feignaient pour
» la liberté un enthousiasme démesuré dans les
» clubs, dans les assemblées primaires ; mentaient
» au peuple sur ses plus chers intérêts, portaient
» sur leur front : *Amour de la patrie*, écrit en carac-
» tère de sang, et bâtissaient sur la permanence
» des massacres la permanence de leur insolente
» et future grandeur.

» Paris, célèbre par tous les genres de splendeur,
» ne dégénéra point de sa destinée par la splen-
» dide et scélérate composition de son corps
» électoral : d'Orléans, Marat, Robespierre,
» Collot-d'Herbois, Billaud-Varennes, telle fut
» l'inconcevable réunion que la première ville du
» monde chargea du soin de lui choisir des légis-
» teurs. Une députation exécrable devait naturel-
» lement sortir d'un corps électoral aussi mons-
» trueux.

» Les départements ne furent pas plus fortunés,
» et l'on frémira lorsque l'histoire fera connaître

---

(1) 16,000 personnes furent égorgées dans les prisons de Paris !

» l'immoralité et la turpitude de cette foule de
» brigands qui, sous le nom usurpé et anti-social
» de *représentants du peuple*, ont désolé la
» France ! »

Ces paroles terribles vous sont-elles suspectes ?
Sans doute vous les attribuez à quelque royaliste, à
Lacretelle, à Loriquet, à Royou, à Beauchamp, à
Châteaubriand... Que votre erreur est grande! Elles
sortent de la plume d'un membre de cette même Convention, qui vota la mort du roi, du meilleur et
du plus humain des hommes !

Vous me pressez d'expliquer, de justifier le titre
affreux de cet écrit :

*Dix têtes du peuple pour une tête de noble ou de
prêtre !*

Attendez encore ; car avant de compter les victimes, il convient de faire connaître et de compter
les juges ou plutôt les assassins.

L'abrégé historique de ces horreurs a pour but
de révéler et mettre en claire lumière les faits que
des historiens doucereux, perfides, emmiellés et
cajoleurs, ont dissimulés, palliés, amoindris ou
justifiés avec art, pour vous entraîner plus aisément
une troisième fois dans les piéges d'une révolution
nouvelle, il faut donc que je place sous vos yeux,
et avec ordre, les principaux faits qui présidèrent
à votre massacre, à votre égorgement.

« Il faut, s'écrie le conventionnel Prudhomme,
« il faut que le peuple connaisse ses bourreaux et

» les chefs de ses bourreaux , leur faste asiatique,
» leurs orgies ; leurs toasts à la liberté, pompeu-
» sement détaillés dans quelques journaux , ne les
» sauveront pas du grand jour. Nous pénètrerons
» sur les pas de l'histoire , dans l'enceinte de la
» Convention et des corps législatifs. C'est là que
» nous trouverons des chefs d'égorgeurs , de
» démolisseurs (1) , de mitrailleurs, de fusilleurs ,
» de noyeurs , de brûleurs , de voleurs , de dila-
» pidateurs. C'est de là qu'au nom de la liberté
» nous verrons ordonner tous les forfaits, com-
» mander toutes les boucheries , prescrire tous les
» ravages. C'est de là que sortait l'embrâsement
» universel. »

Les auteurs modernes de tant d'histoires de la
révolution vous ont-ils tenu ce langage ? Non
assurément, car cette nonne sanglante a toujours
été offerte à leurs lecteurs sous l'extérieur le plus
séduisant, parée de fleurs, revêtue d'une éclatante
blancheur, le carmin de la pudeur sur le front,
l'œil embaumé de douceur.

C'est Vénus , timide et modeste ; c'est Minerve
la sage, le laurier sur la tête , l'olivier dans la
main ; c'est Hercule le fort, avec sa massue qui
protége ; c'est Cérès et son éternelle corne d'abondance, d'où sortit la loi du maximum ; c'est tout
l'Olympe avec ses myriades de quasi-divinités,

---

(1) Il y eut 12,000 démolisseurs à Lyon.

petits amours, protecteurs de l'égalité, de la fraternité et de la sainte liberté !

C'est ainsi que ces auteurs funestes ont fait de leur talent immense un immense abus et l'incurable erreur du peuple.

Et, en effet, quelles ont été la fin et les conséquences de ces ovations, de ces fêtes, de ces déifications républicaines ?

Que sont devenus ces lauriers de cent batailles plus funestes qu'utiles ? sur quelle terre de la patrie croît et prospère l'olivier protecteur et symbole de la paix intérieure, de la paix entre tous ? qu'est devenu ce flambeau qui devait porter la lumière en tous lieux ? Je le cherche dans les ténèbres. Quelle est la main puissante qui porte sans fatigue les balances de la justice ? Je ne vois que des pygmées et des crétins du haut en bas de la société.

La massue du fort Hercule : elle est tombée dans la boue ; qui la relèvera ? Ah ! dans ce moment que de petites mains s'apprêtent à la ramasser !

Cette corne d'abondance, sur quelle terre ignorée fait-elle tomber ses trésors ?

La seule qui mérite ce nom, la seule qui soit inépuisable en effet, est celle qui, depuis 1830, verse régulièrement 1,800 millions dans les caisses de l'insatiable gouvernement que vous avez substitué à la paternelle administration de Charles X, des

Villèle, des Corbières, des Peyronnet et des Bellune.

Reprenons le *Livre de mort !*

La postérité croira-t-elle que le peuple ait eu un sénat qui, pendant trois ans, sanctionnait tous les forfaits, un sénat qui, pendant dix-huit mois, vit froidement chaque jour des charretées de victimes rouler vers l'échafaud...

« Quelques-uns de ces sénateurs allaient de » préférence dîner vers le lieu des supplices ; le » dégoûtant aspect des *tueries* révolutionnaires » était le préliminaire des plaisirs de la table ; la » chute du couperet assassin était le signal de » l'ouverture des orgies. Il fut de ces *pères-cons-* » *crits* qui virent leurs frères entre les mains des » bourreaux et ne firent pas une démarche pour » les sauver ; d'autres dénoncèrent leurs propres » frères ; d'autres les livrèrent eux-mêmes à la » mort : voler, violer, guillotiner, noyer, égorger, » fusiller, mitrailler, démolir, telle était leur » mission !

» Les hommes disparus, ils s'en prenaient aux » monuments ; les villes disparaissaient sous la » hache (1), les flammes effaçaient les cités.

» O postérité ! tu refuseras de le croire ; écoute » donc et frémis.

---

(1) Lyon et Toulon, je le répète, virent dans leur sein douze mille démolisseurs.

2

» Il en fut de ces proconsuls qui tuèrent de leur
» propre main des prisonniers ; il en fut qui, cou-
» verts du costume de représentant, montèrent
» sur l'échafaud pour haranguer les infortunés.

» Il en fut qui menacèrent du supplice des
» officiers de santé pour avoir donné les soins de
» leur art à de malheureux détenus.

» D'autres disaient aux juges : Condamnez, ou
» l'échafaud vous attend.

» Trois juges et un juré furent incarcérés pour
» avoir voulu acquitter des accusés.

» D'autres mettaient en réquisition des faux
» témoins pour déposer contre ceux qu'ils vou-
» laient perdre.

» D'autres arrêtaient eux-mêmes dans les rues
» ceux qui leur déplaisaient, se rendaient au
» tribunal, et forçaient les juges à prononcer une
» sentence de mort.

» L'un d'eux écrivait au département de la
» Somme : J'ai tendu mon large filet pour prendre
» *tout mon gibier de guillotine* ; je viens d'en faire
» enlever quarante-quatre charretées. Ce procon-
» sul lançait des mandats d'arrêt contre des
» femmes et des filles, et les gardait dans son
» appartement.

» D'autres se plaçaient aux fenêtres en face de
» l'échafaud ; faisaient démolir les édifices qui pou-
» vaient leur en dérober la vue, et savouraient à
» plaisir l'horrible volupté de voir ruisseler le sang.

» Une femme ose demander la liberté de son
» mari à un proconsul : Demain, lui dit-il, tu verras
» sa tête d'un côté, son corps de l'autre. Il tint
» parole.

» Un autre abusa d'une femme qui sollicitait la
» grace de son mari, puis la fit guillotiner.

» Un autre fait traduire et condamner une fille
» qui implore à ses pieds la suspension du juge-
» ment de son père.

» Un autre, à l'issue d'une orgie, veut un
» spectacle divertissant. Les juges étaient du festin ;
» on tire des cachots quatre prêtres et quatre reli-
» gieuses, on les condamne, on les guillotine, on
» se remet à table !

» Un membre du comité révolutionnaire donna
» le conseil atroce de couper les prisonniers par
» morceaux et de les jeter dans les commodités (1).

» Un autre parodiait le mot de Titus : On n'a
» pas guillotiné, *la liberté* a perdu un jour. »

Peuple, voilà, en effet, *la liberté* que vous promettent les révolutionnaires ; tout à l'heure vous
verrez que c'est bien à vous qu'ils en veulent, lisez
encore quelques lignes... Un de ces monstres
disait : « Il n'y a pas assez de blé en France
» pour toute la population, il faut en sacrifier la
» moitié ; ce sont surtout les femmes qu'il faut
» détruire, les *bougresses* engendreraient trop !.. »

_____

(1) Prudhomme, page 53.

Tel était le langage de ces temps d'horreur, tel est aujourd'hui encore l'état des esprits, qu'il est utile de le reproduire mot à mot. On comprendra que la traduction de ces monstruosités n'est point faite ici pour les personnes qui ont lu l'histoire véridique et sérieuse de ces temps de malheur, mais seulement pour détromper la masse du peuple qu'on a gorgée d'histoires mensongères, fabuleuses, depuis quelques années surtout, afin, sans aucun doute, de l'amener à commettre les plus grands excès.

Quel est celui, en effet, qui, ayant admiré la *continence* d'un Marat, l'*incorruptibilité* d'un Robespierre, ne se laissera entraîner dans la voie que suivirent ces monstres !

En ces temps d'horreur on n'épargna ni l'âge, puisqu'on guillotina de quinze à quatre-vingt-quatorze ans ; ni les conditions, puisque, sur la même charrette, on traîna à l'échafaud une reine, des princesses, des artisans, des paysans.

Mais, chose inconcevable, le peuple, le petit peuple des campagnes surtout, fournit d'innombrables victimes, et le laboureur inonda de son sang le sol qu'il était appelé à cultiver.

Je m'arrête, la plume me tombe des mains, un long murmure d'incrédulité semble vouloir m'imposer silence, je sens que je suis allé trop loin, que l'incroyable ne doit pas être cru....

Comment justifier ma témérité, comment répondre à d'énergiques démentis, comment me laver de l'accusation de mensonge que soulèvent contre moi les peuples indignés ; les républicains, fanatiques admirateurs de Marat, de Robespierre, de Carrière et de ce Joseph Lebon, qui parut si jaloux de justifier la signification de son nom à Arras !

Comment, dis-je, comment!!!.... En ouvrant d'un main assurée le livre de vos morts, la martyrologe de vos victimes....

Mais ne faisons aucun choix dans cet immense recueil des égorgements ; le peuple est si prévenu, qu'il nous accuserait peut-être d'avoir cherché les pages qui lui seraient fatales...

Ouvrons-donc la première page, épuisons a série de la première lettre, puis de la seconde, puis de la troisième s'il le faut.

PREMIÈRE PAGE. — LETTRE A.

Condamnés à mort.

Abafour, laboureur.

Abafour, officier municipal.

Abafour, laboureur.

Abauzit, négociant.

Abeillard.

Abeillon, ex-curé.

Abel, caporal.

Abeline.

Abeillard, tisserand.

Aboulin, lieut. au 19ᵉ de dragons.

Abraham.

Onze condamnations à mort :

Une tête de prêtre,

Dix têtes du peuple !

DEUXIÈME PAGE.

Abrial père.

Abrial fils.

Abrial fils.

Adam, fabricant.

Adam.

Adam (veuve).

Abri, domestique.

Abry, domestique.

Absac, ex-noble.

Accol, marchand de vin.

Achard, ouvrier en soie.

Achard fils.

Achard, 5ᵉ fils.

Achard, laboureur.

Achard, marchand de poisson.

Acrenand.

Adam (le marin).

Adet, marchand de vin.

Adhemard, ex-noble.

Admiral.

Adnet.

Adriau, tailleuse, âgée de 17 ans.

Affroy.

Ageminières, marchand de vin.

Agerony, ouvrier.

Agnès.

Vingt-sept condamnations à mort :

Deux têtes de nobles,

Vingt-cinq têtes du peuple !

TROISIÈME PAGE.

Agron (veuve).

Aigloz, cultivateur.

Aignes, bourrelier.

Aigon, musicien.

Aigré, brasseur.

Aigron.

Aigron.

Aigret, ex-prêtre.

Aiguevilliers, ex-président.

Aigué.

Aiguéreau.

Ailland, boucher.

Ailland, chirurgien.

Ailland.

Aimante, laboureur.

Ainard, drapier.

Airaud, ex-prêtre.

Airmain, garde.

Allain.

Allain.

Allain.

Allain, laboureur.

Allard, fabricant.

Allard.

Allaux, ex-curé.

Allauzet, cultivateur.

Allauzet, cultivateur.

Alauzier, ex-noble.

Vingt-huit condamnations à mort :

Trois têtes de prêtres,

Une tête de noble,

Vingt-quatre têtes du peuple !

QUATRIÈME PAGE.

Alavoine, tailleur.

Albanette, ex-noble.

Albert, marchand.

Alberti, soldat.

Albessart, ex-avocat général.

Albesson.

Albert, commis.	Aldain.
Albert.	Alaigre, maçon.
Albert, commis.	Alexandre, ex-curé.
Albert.	Alexandre, ex-noble.
Albert.	Alisson.
Albert.	Alivon, magasinier.
Albert, fabricant.	Alix, cuisinière.
Albert, domestique.	Alain, charpentier.
Albert, cultivateur.	Alain, maître d'école.
Albert, cultivateur.	Alain, fabricant.
Albert.	

Vingt-sept condamnations à mort :

Deux têtes de nobles,

Une tête de prêtre,

Vingt-quatre têtes du peuple !

On voit que j'ai suivi l'ordre alphabétique ; qu'ainsi je n'ai fait aucun choix, et qu'on ne peut m'imputer d'avoir eu l'intention de grossir le nombre des victimes sorties du peuple. Je renonce à épuiser la liste de la lettre A, puisqu'elle comprend quinze pages.

Voyons à la lettre B si le peuple comptera moins de victimes.

Babaud, juge.	Baby, garde.
Babin.	Bac, ex-curé.
Babin, ex-noble.	Bachelier.
Babin, meûnier.	Bachelier.
Babin, ouvrier.	Bachelier, cultivateur.
Babin.	Bachelu, dessinateur.
Babin.	Bacherot.
Babin.	Bacherot.
Babin.	Bacherot.
Babin.	Bacheteau.
Babin.	Bacquelot, cultivateur.
Babineau.	Bacquemeau, major général.

Baboneau.

Baboneau.

Baboyal.

Badaroux.

Badeau.

Vingt-neuf condamnations à mort :

Deux têtes de nobles,

Une tête de prêtre,

Vingt-six têtes du peuple !

Cette seconde lettre fut donc encore plus malheureuse que la première, puisque, dès le début, elle présente un effectif de vingt-six têtes du peuple sur vingt-neuf condamnations ; cette seule lettre remplit 66 pages. Le lecteur me dispensera de traduire sous ses yeux cette innombrable et sanglante litanie.

Passons à la lettre C.

Voyons si en continuant cet alphabet mortuaire nous trouverons moins de victimes de ce pauvre peuple.

Cabaret, élève chirurgien, âgé de 21 ans.

Cabaret, charpentier.

Cabaret.

Cabrillac, soldat.

Cabrol.

Cabrol, clerc d'avoué.

Caby, bonnetier.

Cacadier, marchand de tabac à Cosne (Nièvre).

Cachard, capitaine.

Cachelot.

Cachin.

Cadet-Gassicour.

Cadiou.

Cadot, marchand.

Caduche, employé.

Cady.

Cafin.

Cagey.

Caquier, ex-curé.

Caquiou, marchand.

Cahet, boucher.

Cahet, jardinier.

Cailhé, commis.

Caillot, marchand de vin.

Caillaud affranchisseur.

Caillaux, ex-curé.

Vingt-six condamnations à mort :

Deux têtes de prêtres ,

Vingt-quatre têtes du peuple !

Voyons encore , continuons ce martyrologe populaire :

Caillaut, domestique.	Caillot, marchand.
Caillau , tonnelier.	Caillot.
Cailleau , charpentier.	Caillot.
Cailleau.	Caillot.
Cailleau.	Caillot.
Cailleau.	Cailloux.
Cailleau.	Cailley, chirurgien.
Caillet.	Cairas , ex-prêtre.
Caillez.	Caire , cuisinier.
Cailliot (veuve).	Caisselair.
Caillo.	Cassio, ex-avocat.
Caillot, commissaire.	Caix , ex-curé.
Caillot , ex-prêtre.	Cajot.
Caillot, boulanger.	Calamel-Cordier.

Vingt-huit condamnations à mort :

Trois têtes de prêtres ,

Vingt-cinq têtes du peuple !

Cette lettre C remplit quarante-cinq pages de condamnés , quelle boucherie !

Récapitulation des lettres A, B, C, dont le détail nominal précède :

Sur 176 condamnations à mort ,

Les nobles ont perdu. . . . . 7 têtes.

Les prêtres 11

Le peuple , *cent cinquante-huit têtes!!!*

J'ai suivi l'ordre alphabétique , je n'ai donc pu faire aucun choix ; j'ai suivi le livre de mort page à page, ligne à ligne , mot à mot, sans omettre un seul nom.

Les hommes qui encore aujourd'hui rappellent cette époque avec enthousiasme , qui portent des toasts à la mémoire de Marat , de Robespierre , ignorent évidemment les faits qui remplissent cette époque ; quiconque aura lu ceci ne prononcera désormais ces noms affreux qu'avec horreur et frémissement.

A quoi servirait de continuer le dépouillement de cet immense martyrologe , ce serait s'égarer dans les catacombes de l'ancienne Rome, où gisent les ossements d'un million de victimes qui périrent sous le poignard des Néron et des Calligula , tigres moins féroces que ceux-ci.

Le voile est donc tombé , le bandeau qui couvrait tes yeux est arraché; tu le vois enfin, peuple, tu fus la victime préférée des révolutionnaires , de ces hommes, ou plutôt de ces monstres qui proclamaient la liberté , l'égalité , la fraternité , pour te séduire, te captiver, t'enivrer et t'assassiner plus à leur aise. Les Marat, les Danton, les Robespierre, et cette foule de scélérats qui s'acharnèrent à renverser le trône de Louis XVI, à anéantir nos antiques lois nationales à l'abri desquelles la France avait grandi jusqu'au sommet des nations, sous prétexte de rendre la liberté au peuple , de briser les chaînes qui, disaient-ils, l'écrasaient, se sont complu à verser le sang de cette foule innocente et abusée, toujours sacrifiée à l'ambition de ces forcenés.

Le régicide Prudhomme rapporte les faits suivants; écoutez-le :

« Un des proconsuls envoyés par la Convention
» se distingua par un fait plus atroce que tout ce
» qu'on avait vu jusqu'alors : il fait arrêter bon
» nombre de cultivateurs, sous prétexte qu'ils
» n'avaient pas payé leur *don civique ;* leurs fem-
» mes courent se jeter aux pieds du proconsul,
» pour obtenir leur liberté. — Qu'ils payent, dit-
» il, et ils seront libres. — Mais comment faire?
» Nous n'avons rien, nous sommes pauvres. —
» Empruntez, faites comme vous voudrez, leur
» répondit-il; mais point de liberté, si on ne
» paye. Au bout de quelques jours elles apportent
» la somme. — Allez, leur dit-il, dans trois jours
» vous verrez vos maris. Quel est le premier objet
» en sortant qui frappe leurs regards : une char-
» rette chargée de leurs maris que l'on conduit à
» la guillotine. Elles reviennent éplorées vers le
» tyran. — J'en suis fâché, leur dit-il, il m'est
» survenu contre eux des dénonciations graves;
» vous êtes bien heureuses de ne pas partager
» leur sort.....

» L'un de ces monstres écrivait à son collègue :
» La guillotine continue à rouler à toute force;
» j'en ai fait expédier vingt-huit dans une seule
» commune; elle va, primidi prochain, commencer

» ici ses exploits. » Ce collègue lui répondit :
« *J'étais à dîner avec Robespierre,* quand il a reçu
» ta lettre; *nous avons ri.* Va ton train, ne t'in-
» quiète de rien, la guillotine doit marcher plus
» que jamais !

» Un maître de poste se plaignait à un autre que
» les routes étaient mauvaises ; le commissaire de
» la Convention lui répondit : Cela ne me regarde
» pas, *ma mission est de faire couper des têtes !*

» Un autre répondit à un gardien de prison qui
» lui demandait la permission de faire raser les
» prisonniers, je leur ferai faire la barbe *par le*
» *rasoir national.*

» Un autre agent écrivait : Je suis à présent
» grand seigneur, je puis offrir à mes amis tous
» les jours *un plat de têtes d'hommes.*

Un chef d'armée révolutionaire avait donné à
l'ordre ces trois mots : *Pillage, ralliement, hor-*
reur !

Oui, nous le répétons avec l'auteur qui nous a
transmis ces faits dès 1794, faits qui n'ont été
démentis, niés par personne, faits qui ont reçu la
consécration du temps et de l'histoire : « La pos-
» térité aura peine à croire que sous les yeux d'une
» Convention nationale, et nous devons dire par
» ses ordres, le tribunal révolutionnaire ait en-
» tassé hommes, femmes, filles, octogénaires,
» jeunes gens, riches, pauvres, aveugles, sourds,
» impotents, pour les assassiner tous pêle-mêle, et

» en quel lieu..... sur la place de la Révolution ,
» aux pieds mêmes de la statue *de la Liberté !* »

« Ces égorgeurs avaient tellement fasciné et
» abruti le peuple , qu'il ne s'apercevait pas que
» lui-même fournissait le plus grand nombre de
» victimes de ces massacres judiciaires.

» Le peuple en effet était bien loin d'imaginer
» que l'on osât envoyer à la mort des familles ver-
» tueuses ; dans les suppliciés il ne voyait que les
» ennemis de son bonheur, il applaudissait lui-
» même, dans son aveuglement, au coup qui faisait
» tomber la tête d'un bourgeois , d'un artisan ,
» d'un ouvrier, d'un laboureur.

» Dans cet état de cécité, d'aveuglement, de dé-
» gradation , les nobles qui révolutionnaient s'a-
» charnaient sur les nobles, les prêtres sur les
» prêtres , les marchands sur les marchands , les
» riches sur les riches , les pauvres sur les pau-
» vres.

» David, ce peintre devenu si célèbre, membre
» du comité de sûreté générale , s'était chargé de
» poursuivre à toute outrance les artistes ; il leur
» fit une guerre à mort.

» Robespierre poursuivait les gens de lettres,
» Lakanal faisait exterminer les prêtres, et parmi
» ces scélérats, ceux de basse condition qui étaient
» parvenus à quelque pouvoir se ruaient sur les
» ouvriers, sur les laboureurs, sur les domesti-

» ques, sur les artisans, et faisaient mouture du
» pauvre peuple ! »

Il y avait un système de dépopulation générale
jusqu'alors sans exemple ; les lois étaient faites
contre la très-grande majorité des Français, et le
farouche Merlin avait si savamment rédigé le Code
révolutionnaire et l'effroyable loi des suspects,
qu'il était impossible à aucune personne d'aucune
condition d'y échapper.

« Ce grand dessein de dépopulation n'était point
» chimérique, » s'écrie le conventionnel régicide,
auteur non suspect des mémoires que j'ai sous les
yeux, « il existait, il était visible : les *chefs*
» *d'opinion* voulaient régner sur des déserts. » A
l'examen des lois de ces temps d'horreur, on re-
reconnaîtra aisément qu'elles étaient prononcées
contre les Français en masse ; par le dispositif
vague de ces lois de sang, tous les citoyens se trou-
vaient enveloppés dans la proscription. Vertus,
talents, renommée, estime publique, éclat, obs-
curité, rien ne mettait à l'abri de leur atteinte !
et comme je l'ai dit et ainsi que je me suis engagé
à le prouver au peuple, on envoyait à la guillotine
pères, mères, enfants, vieillards, sourds, aveugles, impotents.

Les grands criminels qui avaient usurpé le pouvoir suprême avaient su persuader au peuple, je
ne puis assez le redire, que la révolution était faite
contre les nobles, contre les prêtres, tandis qu'en

réalité il s'est trouvé parmi tant de victimes dix fois plus d'hommes du peuple que de prêtres et de nobles.... Quelle leçon ! et cette leçon a été méconnue, et cette leçon n'a pas suffi, et le peuple a encore prêté l'oreille aux novateurs, aux prédicateurs de doctrines révolutionnaires !

Dans leur rage, ces révolutionnaires atroces n'épargnaient pas même leurs agents, nous dit Prudhomme, ils envoyaient à la mort les exécuteurs mêmes de leurs assassinats, et ne souffraient sur la terre que l'*élite* des grands criminels.

Vous chercherez vainement ces terribles enseignements dans les histoires de la révolution récemment publiées. Là, la vérité n'est plus la vérité, elle y est gazée, voilée, dissimulée, amoindrie; je reconnais l'immense talent de ces auteurs, mais je le déteste.

Qui les a retenus de dire la vérité tout entière, de la présenter tout une, ou, si vous le voulez, toute parée des faits monstrueux qui pouvaient, sous leurs plumes puissantes, dramatiser leurs récits et les porter plus sûrement à l'immortalité. Au lieu d'entrer hardiment dans cette carrière, ils ont fait des histoires aux pâles couleurs, ils se sont mis au-dessous de leurs héros, ils ont amoindri les crimes, ils ont rapetissé Satan à leur taille, et pourquoi ? Pour plaire à l'infernal génie révolutionnaire, pour flatter l'appétit toujours insatiable des novateurs et conquérir une déplorable popularité !

Tel ne devait pas être l'emploi de ces grands talents; ils devaient avoir le courage de dire au
peuple : La révolution a fait comme Saturne, elle
a dévoré ses enfants ; cent quarante-six échafauds
ont été dressés et mis en activité sur le sol de la
république, ils y ont été en permanence; on a mi-
traillé, on a noyé, on a fusillé, on a empoisonné,
on a égorgé dans les prisons : à Paris, à Lyon, à
Nîmes, à Avignon, à Nantes, au camp de Jalée,
dans la Vendée, dans tout le Midi, partout enfin !
Tous ces massacres ont été l'œuvre de l'exécrable
Convention nationale et de ses satellites.

S'ils avaient dit ces choses, le peuple aurait ap-
pris ce que coûtait une révolution.

Ce n'est point témérairement que j'ai rappelé des
faits qui seraient incroyables s'ils n'étaient prou-
vés. L'auteur des mémoires jette un cri de terreur, écoutons-le : « Il faut, dit-il, que la pos-
» térité sache par quel ordre on avait créé des
» milliers de bastilles ; par quel ordre on envoyait
» des milliers de victimes à Paris ; par quel ordre
» on jetait des milliers de cadavres à la rivière ;
» par quel ordre on avait mis en activité plus de
» cent guillotines ; par quel ordre on fusillait en
» masse ; par quel ordre on démolissait des villes ;
» par quel ordre on incendiait ; par quel ordre
» on avait fait de la France une vaste boucherie... ;
» par les ordres, ajoute-t-il, (et ceci a été écrit
» en 1794 et n'a point été démenti), par les

» ordres de la Convention nationale et de ses
» comités. »

Connaissez enfin, à ces derniers traits, les
hommes de ces temps funestes. Fréron disait, en
parlant de Fouquier-Tinville, accusateur public :
« Qu'il aille cuver aux enfers tout le sang qu'il a
bu l » et Durand-Maillanne disait de Fréron :
« Tout le monde connaît les ravages qu'ont faits
» les guillotines qu'il a *fondées* à Marseille et à
» Orange.

» A Toulon, par une proclamation il a or-
» donné sous peine de mort à *tous les bons ci-*
» *toyens* de se rendre au Champ-de-Mars. Trois
» mille cinq cents ont obéi à cet ordre ; il les a fait
» ranger, puis fusiller, sans préjudice de la guil-
» lotine, qui coupait la tête aux femmes et aux
» vieillards, tellement que le citoyen Baussier,
» vieillard de quatre-vingt-quatorze ans, a été por-
» té sur l'échafaud dans une chaise. »

Ce massacre à coups de fusil et à coups de ca-
non a duré cinq jours ; huit cents personnes per-
dirent la vie dans une seule de ces tueries.

Les gens de la campagnes qui, par curiosité,
étaient venus à Toulon après le siége, furent éga-
lement fusillés.

Ce Sardanapale, dit l'*Histoire des Prisons,*
4ᵉ volume, page 145, était à cheval, entouré de
canons et d'une centaine de forcenés adorateurs

3

de leur dieu Marat, commandait le feu et commettait des crimes à faire pâlir le soleil!...

Si vous ne pouvez me croire, lisez la lettre que voici. Ce monstre écrivait de Toulon, le 6 nivôse an II de la République,

» Cela va bien ici; nous avons requis douze » mille maçons des départements environnants » pour démolir et raser la ville. Tous les jours, » depuis notre entrée, nous faisons couper deux » cents têtes. »

» *Signé* FRÉRON. »

De Marseille il écrivait, le 23 brumaire an II : « Nous connaissons peu de représentants du peuple » à notre hauteur; c'est ce qui nous fait craindre » d'avoir affaire à des modérés ou à des hommes » pour qui le chapitre des considérations ne finit » pas. Nous allons prendre des mesures EXTRA- » ORDINAIREMENT TERRIBLES. »

Les mesures furent en effet *extraordinairement terribles*, dit Maximin Isnard. Puisque Fréron finit en ajoutant : « La commission militaire que nous avons établie VA UN TRAIN ÉPOUVANTABLE. » Isnard dit plus loin : « A Orange, il s'établit une » commission *si extraordinairement terrible*, qu'elle » était prête, au moment où le 9 thermidor arriva, » à faire guillotiner *douze mille victimes;* elles » étaient déjà rassemblées dans les prisons, et des » fosses étaient faites pour les enfouir... Les vingt-

» trois plus beaux édifices de Marseille ont été
» démolis. »

Enfin, ajoutons à ce récit que Fréron ne voulait
pas seulement faire démolir Marseille, Orange et
Bordeaux, il persistait, dit l'historien des *Prisons*,
à vouloir faire raser plus des deux tiers de la France,
et il proposa de faire combler le port de Marseille
avec les décombres des démolitions. Heureusement
ses collègues s'y opposèrent, sans quoi, dit le même
auteur, c'en était fait de notre commerce dans la
Méditerranée, de nos comptoirs dans le Levant, et
de nos manufactures méridionales. Les voilà, les
patriotes par excellence, les républicains, les révolutionnaires enfin !

A Avignon de semblables horreurs furent com-
mises ; les glacières furent comblées de cadavres,
et les assassins furent amnistiés ; Bassal, Bazire,
Lasource, Vergniaud lui-même, qu'un historien
moderne a voulu tant illustrer, appuyèrent cette
impudente proposition, que Dufresnel seul com-
battit avec éloquence et fermeté.

Quelque désir que j'aie d'abréger cet écrit, je ne
puis résister au désir de consoler le lecteur en
mettant sous ses yeux les pathétiques paroles que
prononça cet orateur; il se leva et dit :

« Que l'on propose l'amnistie en faveur des
» monstres qui ont égorgé froidement leurs con-
» citoyens ! Puis-je sans douleur vous rappeler
» qu'ils ont, les scélérats, assassiné soixante

» personnes au château d'Avignon, soixante per-
» sonnes sans défense ! Des infortunés qui étaient
» en prison sous la sauvegarde de la loi ! Le fer
» homicide n'a épargné ni l'âge, ni le sexe, ni
» l'innocence avouée par les meurtriers eux-
» mêmes. Le bras ensanglanté des assassins a
» poussé pêle-mêle dans l'horrible abîme de la
» glacière du château tous ces cadavres mutilés,
» et avec eux des infortunés à demi-égorgés qui
» respiraient encore, qui vivaient encore, qui
» criaient encore miséricorde. Leur sang, Mes-
» sieurs, le sang de l'innocence crie vengeance, et
» l'on vous demande une amnistie ! Cette motion
» est un attentat contre la justice, j'en appelle à
» vos cœurs, et je demande qu'on repousse bien
» loin cette indigne proposition. » Malgré ces
paroles, la cause de l'humanité et de la justice
succomba. Vergniaud prit la parole, et l'amnistie
fut décrétée le 20 mars 1792.

Telle fut donc la révolution depuis les 5 et
6 octobre, jusqu'à la mort de Louis XVI, depuis
le 21 janvier jusqu'au 9 thermidor, et de là encore
jusqu'au 18 brumaire.

J'ai rempli un triste et pénible devoir, j'ai passé
des heures douloureuses à compulser les mémoires
du temps, à parcourir la lamentable histoire des
prisons écrite par Nougaret, cet autre auteur non
suspect.

J'ai relu l'agonie de trente-six heures de mon

vénérable ami le chevalier de Saint-Méard, et le cœur rempli des impressions profondes que j'en ai ressenties, j'ai dû me dévouer à ce travail, qui sera utile, je l'espère, si cet écrit est lu par ce peuple si bon, mais si léger ; si généreux, mais si facile à tromper ; si brave sur le champ de bataille, mais si outré dans ses colères sur la place publique ; si subtil et si spirituel dans sa gaîté et ses amours irréfléchies, mais si facilement trompé, dupé par les bateleurs politiques et les démagogues de clubs qui se disent ses amis ; si fier quand il voit un ennemi en face, mais si humble esclave en présence d'adulateurs lâches et perfides.

Tel a été ce peuple depuis soixante ans, tel il est encore, misérable instrument des intrigants, marchepied de leurs ambitions insatiables, victime toujours et partout de toutes les duperies, croyant à une liberté qui est une dérision, à une égalité qui est une chimère, à une fraternité qui est un mensonge et une ironie.

Tout homme donc qui connaît bien le peuple et veut tout à la fois le servir et l'instruire, doit s'armer de courage et de persévérance, accumuler, entasser des faits, des preuves, qui puissent faire le grand jour, frapper ses yeux, captiver son attention, saisir et maîtriser tous ses sens.

De là la tâche que je me suis imposée d'amasser d'irrécusables preuves de la barbarie de ses séducteurs, de leur acharnement à tuer l'homme du peuple, du petit peuple, par la guillotinade, la noyade, la fusillade, la canonnade, et par tous les autres moyens qu'inventèrent les Marat, les Danton, les Robespierre, les Carrière, les Barrère, les Saint-Just, les Couthon, les Vadier et les Amard, les Vouland et les André Dumont, les Bourbotte et les Isorés, les Faure, les Fayau, les Piory et les Dupin, les Lanot, les Bô, les Garnier et les Lesquinio, les Francastel et les Duquesnoy, les Delaporte et les Gaston, les Duhem, les Massieu, les Laignelot, les Lakanal et les Laplanche, les Fiot, les Bellegarde, les Julien et les Lecarpentier, les Léonard et les Bourdon, les Forestier, les Monestier, les Malharmés et les Esculier, les Dartigoïte, les Nioche, les Moutaut, les Lejeune, les Beaudot, les Thuriot, les Cambon, les Talot et les Granet, les Lebas, les Joseph Lebon, les Maignet et les Tallien, les Fréron, les Foucher, les Barras, les Jambon, les Chabot, les Carra, enfin... je m'arrête, les noms de ces misérables rempliraient des pages nombreuses.

Tels furent tes assassins, peuple, et tels sont les saints ou les demi-dieux que de modernes révolutionnaires, ignorants ou imbécilles, s'ils ne sont des monstres sortis de l'enfer, te proposent pour imitateurs; qu'ils osent donc maintenant, dans leurs orgies, porter des toasts à ces hommes qui firent couler ton sang, qui jouèrent avec tes têtes, qui se partagèrent tes dépouilles.

Il en fut de ces hommes, si c'étaient des hom‑
mes, qui disaient : Cela n'ira bien que quand il y
aura *une guillotine par section* ! D'autres répon‑
daient : Il en *faut une par commune*, ce qui aurait
fait 44,000 *guillotines*...

D'autres ajoutaient : Pour sauver la patrie, il
faudrait que l'armée révolutionnaire parcourût les
campagnes avec une guillotine, et à chaque porte
de cultivateur s'informât s'ils sont riches pour les
guillotiner à leur porte comme conspirateurs.

Un autre proposait d'empoisonner les prison‑
niers avec une gamelle de vert-de-gris.

Enguchard était chargé des empoisonnades,
comme Carrier des noyades, et Collot des fusilla‑
des.

Renaudin disait que les jurés étaient dans la
main de Fouquier-Tinville comme la hâche dans la
main du bûcheron.

Enfin, parmi les jugements de la commission
révolutionnaire d'Arras on lit avec terreur : M...
condamné à mort comme *soupçonné d'être suspect.*

J'arrêterai là ce lamentable récit; ma plume se
refuse à reproduire davantage les innombrables
horreurs que renferme l'*Histoire des prisons*, ce
recueil du crime, ce procès-verbal de férocité, ce
musée de toutes les dépravations, ces fastes des
boucheries, ces annales de toutes les abominations

qu'a vomies l'enfer, cet opprobre éternel de la révolution, fille de Satan, sœur des Euménides, déluge de sang, visible malédiction du Très-Haut.

Nevers, I.-M. FAY, imp., rue des Ardilliers, 13.

www.ingramcontent.com/pod-product-compliance
Lightning Source LLC
Chambersburg PA
CBHW060843180626
46818CB00004B/1561